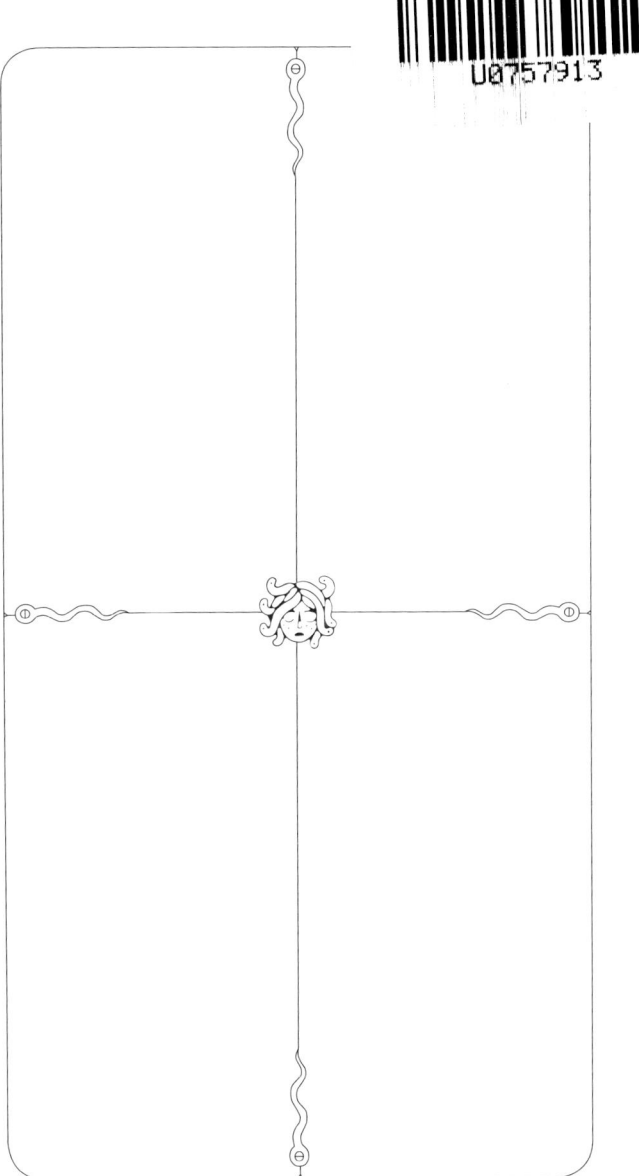

奥林匹斯

LA MYTHOLOGIE

山上的

VUE PAR LES

怪物

MONSTRES

有话说

蛇 发 女 妖

M o i ,

美 杜 莎

M é d u s e

[法]西尔维·博西埃 著 徐洁 译

中央编译出版社
Central Compilation & Translation Press

Sylvie Baussier

Note 作者按 d'intention de l'autrice

如果我告诉你，希腊神话中的怪物们其实都保有一丝人性；

如果我告诉你，我们每个人的内心都有一处自己不愿面对的隐秘角落……

历史总是由胜利者来书写，我们对此已司空见惯：滑铁卢在英国的教科书里被描述成一场大胜仗，但在法国却不为人知！在神话故事里，忒修斯是大英雄，而米诺陶则成了大坏蛋……

可是，如果我们换个角度，是否可以关注一下"负面人物"呢？

或许，可以请他们来讲述一下自己的故事？

女士们、先生们，亲爱的读者们，现在就请拉着我的手，开启这段奇妙的旅程……

人物介绍
Les personnages

Méduse

美杜莎

美杜莎是戈耳工三姐妹之一,

也是姐妹中唯一一个没有不死之身的。

她原本美得令人窒息,

但有一天,却被雅典娜女神改变了模样……

在本书中,将由她亲自来为您讲述她的故事。

Euryale et Sthéno

欧律阿勒和斯忒诺

她们是戈耳工三姐妹中的两位，

她俩拥有不死之身。

美杜莎排行老三。

Les Grées

格赖埃姐妹

格赖埃是戈耳工的姐妹。

她们也有三个人，分别名叫得诺、厄倪俄和彭佛瑞多。

不过，在古代两位伟大诗人奥维德和赫西俄德笔下，

还有您即将读到的故事中，格赖埃只有两姐妹：

厄倪俄和彭佛瑞多。

据说她俩一生下来就老态龙钟，满脸皱纹，

两人共用一只眼睛和一颗牙齿——这可极为不便……

奥维德：公元前43年3月20日—公元17年/18年，奥古斯都时代的古罗马诗人。其代表作《变形记》为讲述古希腊罗马神话的最重要的作品之一。——译者注

赫西俄德：古希腊诗人，可能生活在公元前8世纪。被誉为"希腊教训诗之父"。其代表作为长诗《工作与时日》《神谱》。——译者注

Poséidon

波塞冬

波塞冬是海洋之神,

他还是宙斯、哈得斯、得墨忒耳、赫拉

以及赫斯提亚的兄弟。

他手执三叉戟,这是他的主要标志。

Athéna

雅典娜

雅典娜是战争和智慧女神,
她是众神之王宙斯
和女提坦神墨提斯的女儿,
也是雅典城的守护者。

Persée

珂耳修斯

珂耳修斯是半神(也就是"英雄")，
因为他是天神宙斯和人类公主达娜厄的儿子。
他为了解救母亲，跑来找美杜莎算账……
他能成功吗？

目录

第一章

亭亭玉立的少女 / 014

第二章

河神的苹果 / 024

第三章

在雅典娜神庙的遭遇 / 034

第四章

我的目光 / 046

第五章

活下去 / 056

第六章

每个人的使命 / 066

第七章

很久以前的故事 / 074

第八章

一份厚礼 / 080

美杜莎的传说 / 088
趣味游戏手册 / 102

Table des matières

Chapitre 1

Une beauté à couper le souffle / 015

Chapitre 2

La pomme du dieu fleuve / 025

Chapitre 3

Le drame au temple d'Athéna / 035

Chapitre 4

Mon regard / 047

Chapitre 5

Je veux vivre / 057

Chapitre 6

Chacun sa mission / 067

Chapitre 7

Tout a commencé il y a bien longtemps / 075

Chapitre 8

Un beau cadeau / 081

Le mythe de Méduse / 089

Cahier de jeux / 103

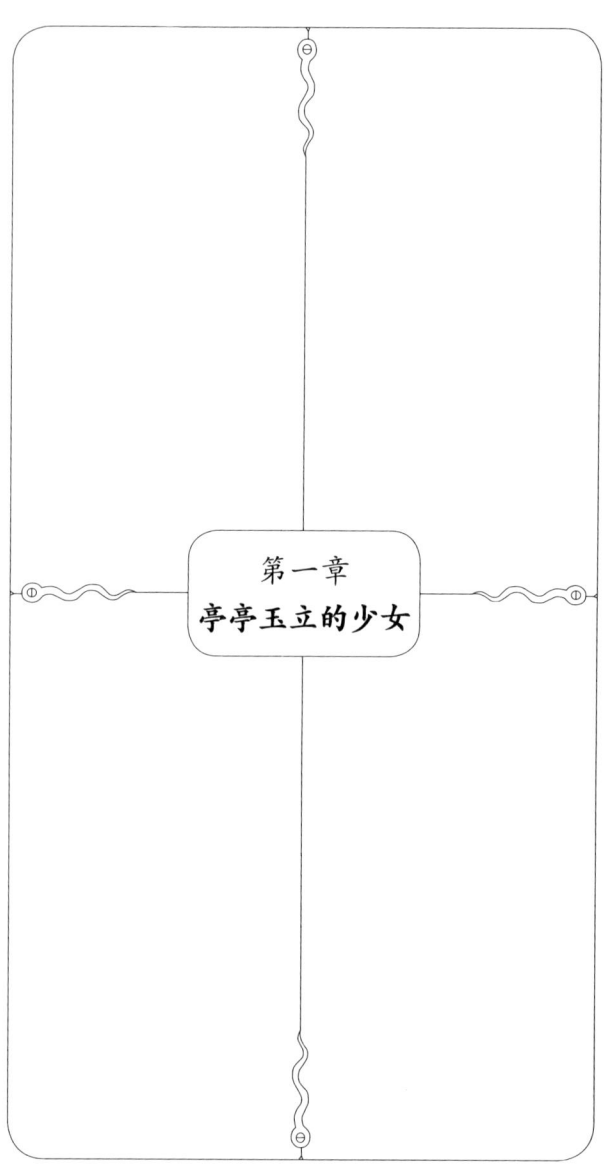

第一章
亭亭玉立的少女

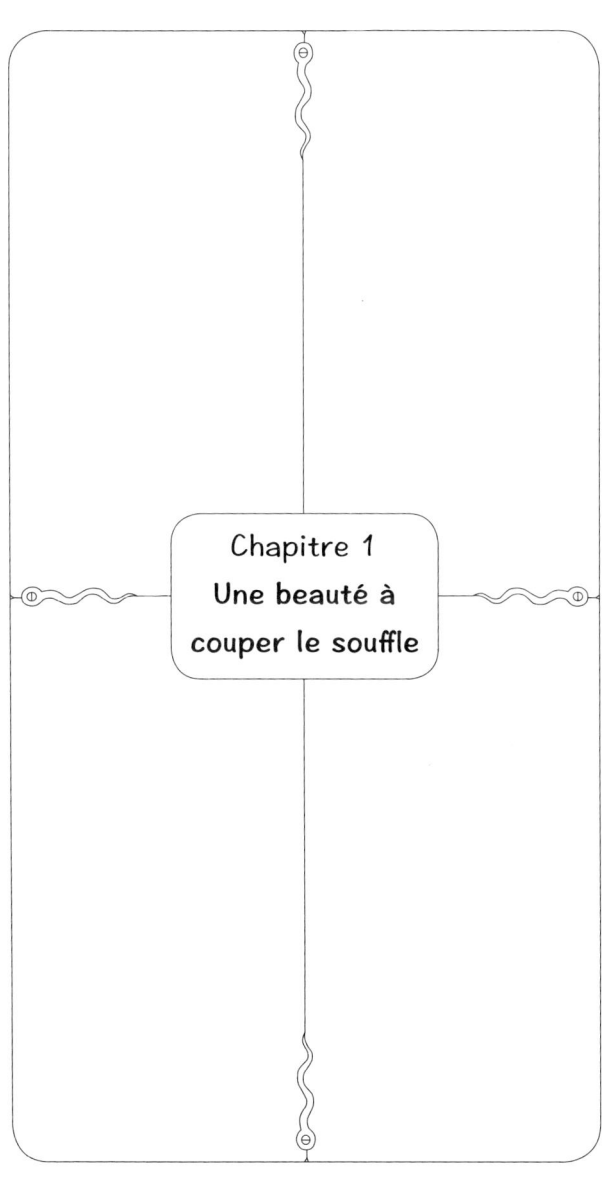

Chapitre 1
Une beauté à
couper le souffle

我一醒来，就听到祖母大地女神盖亚沙哑的大嗓门——每当她发怒和大笑时，石头就会翻滚而下；我还听到了祖父蓬托斯的声音，他用沙滩上哗哗的海浪声来回应我祖母的呼唤。他俩一个高居在群山之巅，一个隐身在浪涛之间。我离他们如此之近，那是因为我和父母一起住在亚该亚海岸的亚任尼翁，恰恰位于山与海之间。

这是一个多么梦幻的地方！我很小的时候就意识到这一点。我家屋子对着祖父一侧的门窗，朝着一望无垠的蓝色大海；在祖母那一侧的，则正对烟雾缭绕的山峦。在屋子中央的院子里，我和我的两个戈耳工姐妹斯忒诺和欧律阿勒一起玩耍。我同其他姐妹都不亲近——那两个格赖埃姐妹令我害怕，我甚至看到她们撒腿就跑：她们比我大不了多少，可脾气暴躁，生下来就满脸皱纹。这么说吧，她俩看起来比祖母还要老！

我也躲着斯库拉——我的这个妹妹总带着一群长着獠牙的狗，这群狗可不是什么宠物犬，而是她身体的一部分！这可怜的姑娘被女巫喀耳刻变成了这副鬼样子。昨天,其中一条狗朝着我汪汪叫,嘴里还流出浓稠的口水。

斯库拉警告我说:"美杜莎,赶紧走开,我身上这些畜牲的嘴巴想吃肉,我感觉到了……赶紧跑远些!"

我一言不发地走开了,我的太阳穴怦怦直跳。在我这些姐妹当中,只有托俄萨看起来还算和善,可她不把我放在眼里。这个海中宁芙仙女对我们这些家人不理不睬,在海浪中过着自己的日子:她一头扎进水里,同海豚你追我赶,与鱼群为伍,和大鲨鱼嬉戏,机敏地闪避危险。

第二天,我在玫瑰色的晨光中醒来。

在黎明时分咸咸的微风中,我躲在门廊一根柱子后面,听见父母在院子里谈论着什么。

"女儿们渐渐长大了。"父亲福耳库斯

叹了口气,"我们将来拿这些奇形怪状的姑娘怎么办?"

"她们是如此不同。"母亲刻托一边说着,一边抖落她乌黑的长发。

父亲发出一声大笑,庞大的身躯抖动起来,笑声倾泻而下,落在房子的柱廊上又反弹了回来。

"一个半人半狗的女人,两个拥有不死之身的戈耳工,还有一个肉体凡胎(这说的是我),两个整天黏在一起的丑姑娘,一个宁芙仙女……这下都全了!我们是天底下第一批居民,命运为我们准备了不少惊喜呢。"

"不要取笑我们的孩子,"刻托抗议道,"我好担忧她们的未来!只要她们还是孩子,就没什么危险。可两年后、三年后又会怎样呢?她们会变成什么样子?会找到丈夫吗?唉,找个人家,这是所有希腊女孩的归宿!"

父母默不作声了。我看到他俩的身影在破晓时分合为一体。两人一早就相识,因为在结婚前他们就是亲兄妹——这在神灵之间屡见不鲜。他们俩永结同心，至死不渝。混沌初开，地球上还没有多少人，只有动物，几个男女神灵，还有大自然孕育出来的奇特生物……

"我们的格赖埃可能永远都不会结婚。"我母亲继续说道，"她俩长得如此丑陋，还形影不离！她们还能怎样？两姐妹共用一只眼睛和一颗牙齿。"

"除非她们找到一个和她们一个模子里刻出来的丈夫！"我父亲打趣着说，"否则，算了吧……总得给她们找点事干，让她们觉得自己在这个世界上还有点用处。"

"你有主意了？"刻托惊讶地问道。

"还没有。不过，'车到山前必有路'，让她们在这片与世无争的地方再多待几年吧。"

"对我们这几个女儿来说，事情可不好办呀。"母亲继续说道，"三天前，我看到斯库拉身上的一条狗吓到了我们的小美杜莎。我就随她们去了，可我很害怕！"她一边说，一边把手放在胸口，仿佛光是回想这件事就会让她的心脏怦怦直跳。

"我们得让她离开这里,让我们的父亲蓬托斯来出个主意吧。"

他俩的沉默变得沉重起来,恐惧逐渐加深,慢慢弥漫开来。

接着,他们的口中又吐出了我的名字。

"我们的小美杜莎……"刻托微笑着开口说道。

"她已经长成个大美人了!"父亲补充说。

"她就像一颗闪闪发光的珍珠……"

又是一阵沉默。

"还有她那一头秀发,真是美极了……"两人异口同声赞叹起来。

他们俩你看着我、我看着你,彼此会心一笑。

他们说的是真的,我的头发很美:黑色浓密的鬈发在肩头摇曳生姿,赛过最漂亮的帔络袍(古希腊的女式长外衣),把我装扮得楚楚动人。它们从未被修剪过,只知道自由生长,就和我一样。

我溜走了,脸上挂着笑容。父母的爱照耀着我、包围着我。和他们在一起,我感到很安全,我不会遭遇任何不幸。

在很长一段时间内,我对这种甜蜜的安全感深信不疑。可几年过去了,我不再是孩子了。我长成了亭亭玉立的少女。每隔一段时间,亲爱的保姆就会给我带来新装,换下那些小得不能穿的旧衣裳。我的黑色鬈发长到了腰部。每天早上,就像今天一样,我都会仔细梳理它们。有时,一个发结就会让我痛得花容失色。

我漫不经心地对这束比银手镯更美丽的天然饰品说:"我以你为傲,我的秀发!"

大地深处传来一阵隆隆声,那是盖亚祖母对我的回应,她讨厌我看着自己扬扬得意的样子。

我又一次想知道这是为什么:"祖母,我做错了什么?人人都羡慕我的头发,而我却只能闭口不谈吗?"

"这很危险。"大地女神隆隆作响,"听

我一句劝吧，不然你会追悔莫及。"

我一点都不明白，这能有什么危险？

突然，一个声音在天空的某处响起，就在晴朗的云层之外。它清晰、坚定，来自一个无所畏惧的存在："那个正在铜镜前梳理长发的怀春少女是谁？"

"是年轻的美杜莎。"一个低沉的声音回答。

"你说的可是美杜莎，波塞冬叔叔？"

"是的，雅典娜。"

"她是我们中的一员吗？"女神接着问道。

"是，又不是。她肉体凡胎，不像她的戈耳工姐妹那样拥有不死之身。命运可能为这个迷人的小家伙准备了一些惊喜，对

此我一点都不感到奇怪。她长得太美了，对自己的美貌太自信了。"

"也就是说，美杜莎，她对自己很满意。我的头发显然比她的更招人喜欢。"雅典娜说。

一阵沉默。

"我说的不对吗？叔叔？"

"对，没错儿，雅典娜。绝对没错。"

一股冰冷的寒风穿过屋子，可海上并没有掀起一丝浪花。

雅典娜……在我看来，这是个心怀嫉妒的女神。她会对我构成危险吗？得了吧。我放下了这个不好的念头，回到我那耐心等待的梳子旁边。

第二章
河神的苹果

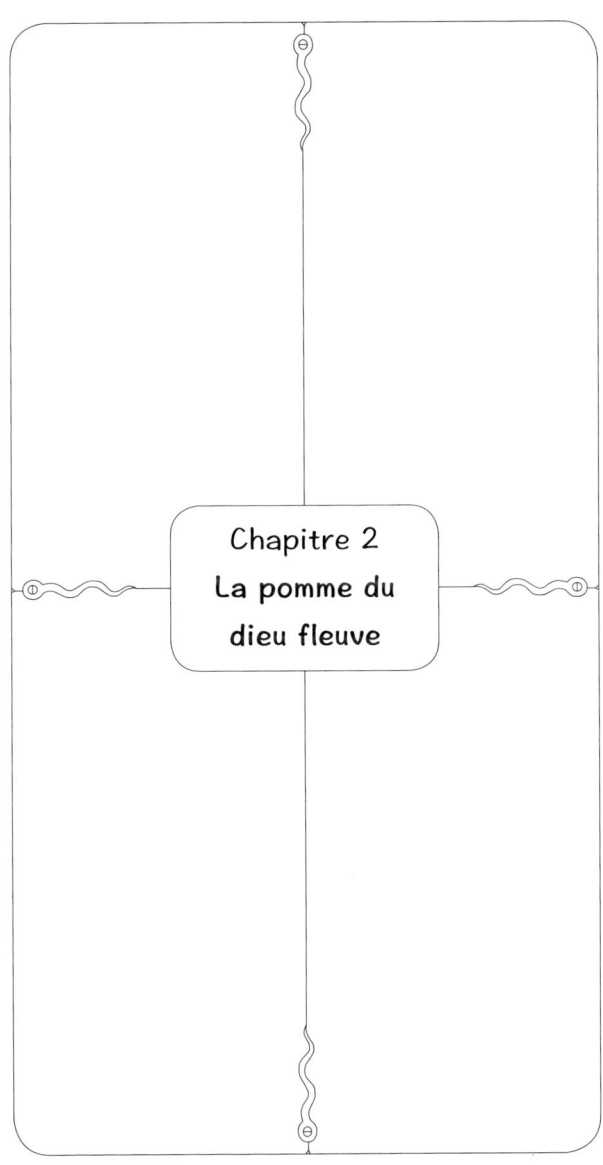

Chapitre 2
La pomme du
dieu fleuve

今天早上，我醒来时，整幢屋子都在窸窣作响。有人在窃窃私语，有人在咯咯傻笑——我那几个姐妹都有点神经质。

斯库拉身上那几条狗发出凶猛的嗥叫声，格赖埃姐妹俩则在斗嘴。

"把我们的眼睛还给我！"厄倪俄用嘶哑的声音说道，"我想瞧瞧那个正朝着我们家围墙走过来的陌生人。"

"好的，好的，马上。"彭佛瑞多用更低沉的声音回答，"啊呀！你弄疼我了！"

"要是我有那能耐，我一定把你咬出血来。"厄倪俄反驳道，"可我俩就只有一颗牙齿，用起来实在不方便。"

"把它还给我，我会让你看的。"彭佛瑞多低声抱怨道，"你会看到的，他长得可真帅……"

"他去哪儿了？"厄倪俄惊叫起来，"你虽然把眼睛还给了我，可已经没啥可看了。你太过分了。"

"他现在正和我们的父母在一起。你觉得他是来娶我的吗？"彭佛瑞多说。

厄倪俄先是发出一阵嘲笑，接着就被自己痛苦的叫声打断了。

定是那颗牙齿咬了那个出口伤人的家伙。

可那家伙依旧不依不饶："你有没有看看自己长得啥模样？你知道我们几斤几两：我们很丑。尽管我俩相互憎恨，可只能形影不离。谁会想要两个长得像去年冬天的苹果一样皱巴巴的女孩？"

我没有听到她们接下来的争吵，因为保姆像龙卷风一样进入了我的房间。

"美杜莎，你还在床上偷懒吗？快起来，穿上这件束腰外衣，跟着我去会客室。哎哟，你的头发都缠在一起了！过来，让我帮你打理一下。"

我嚼着她带给我的那串葡萄，而她则在我身旁忙成一团，粗暴地拉扯着我的卷发。这阵仗让我头晕目眩。

"保姆，这是怎么啦？我们要接待宙斯本人吗？"

她对我的玩笑一笑置之，提醒道："好聪明的小丫头！你知道我们正在接待一位尊贵的客人，但不是宙斯。幸好众神之王没有注意到你的美貌。一般来说，他的爱对女人来说一文不值！那些被他爱上的女人，要么死掉，要么变了样子……恭候你的不是他，小东西，而是一位河神……这可是门好亲事，相信我没错的！"

当我走进大客厅时，父母正在与陌生人交谈。我一踏进屋子，三个人都沉默了。我的余光瞥见姐妹们的脑袋出现在门口和窗边——她们都躲了起来，却又不想错过任何一句谈话。看来，她们都嫉妒我。而我……我还没有准备好和某个男人或某个神灵一起过日子。即便我已长成一个少女，我仍然想留在儿时的家中，和父母在一起。也许以后有一天我会离开他们，可现在还不是时候。我垂下睫毛，瞥了一眼新来的贵客：他很年轻，身材挺拔，志得意满，相貌堂堂，像一尊俊美的雕像……我不为所动。可他的目光……哦，他的目光！他在打量我、审视我、看穿我。我感觉自己无法动弹，仿佛已被石化。我的耳朵因困惑而嗡嗡作响。一个声音穿透了我四周的迷雾。

这是母亲的声音："美杜莎，美杜莎，我的女儿，你还好吗？"

我很好。其实并不好，因为这位河神递给我一个苹果——这是求婚的象征。

如果我回答"是"，那么我的自由，我无忧无虑的日子，就会一去不复返。

我不喜欢这个河神，我怎么可能喜欢他？我们没说过一句话。在今天之前，我们从未见过面。我喜欢咸咸的海洋，从未想过在淡水河流中嬉戏。

可如果我回答"不"，就会激怒他，激怒神灵可不是明智之举。我的父母也会因为我拒婚而受到羞辱，我必须对他们百依百顺，可是……

我深吸了一口气，用毫无感情的语气说道："谢谢，可……我不能接受，我太年轻了，我对你来说不够漂亮，我不知道如何持家……我不想……就这样吧。"

我哭着逃回了自己的房间。

整整一天,我独自躺在床上,心力交瘁。

晚上,母亲来看我,抚摸着我的脸颊说:"你的姐姐们很生气,爸爸也很生气。我根本没想到你会拒绝。小姑娘,你引起了别人的注意,你得做出选择……越快越好。美丽有时是一种负担,我为你感到害怕。"

在我找到丈夫之前——假设我想找一个丈夫,格赖埃姐妹不再同我说话,戈耳工姐妹则对我说尽了坏话。

"一个长相俊俏的神灵向你求婚,你胆敢拒绝?"斯忒诺愤愤不平。

"他怎么没向我们求婚呢?"欧律阿勒懊悔不迭,"要是我,一定一口答应。"

"你太骄傲了,我的妹妹。"斯忒诺补充道,"你会因此吃苦头的。"

我怒从心起,热血涌上了我的脸颊。

"在你们看来,我就没有权利选择嫁给谁?一个长相俊俏的神灵是不错,可要是我的心对他没感觉呢？"

她们不愿回答我，我气得哭了起来。

从那一刻起，各色各样的男子像走马灯似的出现在我面前：有一天，某位提坦神的儿子带着他的苹果来了；第二天来的是风神埃俄罗斯的后裔；再后来则是个凡夫俗子。不管每次来的人是谁，我的回答都只有一个字："不。"可这些人都怎么了？我拒绝的人越多，关于我美貌的传闻就越传越广，来的人就越来越多，越来越急切。

"整个海洋都对你那头美丽如瀑布般的鬓发赞叹不已呢！"有一天，我在岸边散步时，一个水神朋友告诉我。

"所有的河流都在传颂你的魅力！"母亲告诉我，"你要小心了！他们会觉得你骄傲自满，因为你拒绝他们而怨恨你。"

终于有一天,波塞冬亲自登门造访。

"让我来给你们的小美杜莎找点乐子。"他向福耳库斯提出要求,"她在这里可能闷得慌。"

父亲脸色苍白,可还是弯腰行礼。他无法对抗海神,只能带他来见我。

波塞冬把我拉到外面。当我们穿过院子时,这个长着大胡子的神灵停了下来,靠在他的三叉戟上,盯着我妹妹——可爱

的托俄萨看了许久。

他嘀咕道:"这个也不错……说不定会是个好妻子!我再看看吧……"

接下来,他的目光落到我身上,打量我的眼睛、细腻的肌肤、娇嫩的双手、飘逸的长发。

"至于你嘛,你更招人喜欢,所以你胆敢自己选丈夫,我的小宝贝。有人跟我这么说的。"

他的笑声就像怒吼的大海一样隆隆作响。

一团阴影笼罩着我。

平生第一次,我感觉到了害怕。

第三章
在雅典娜神庙的遭遇

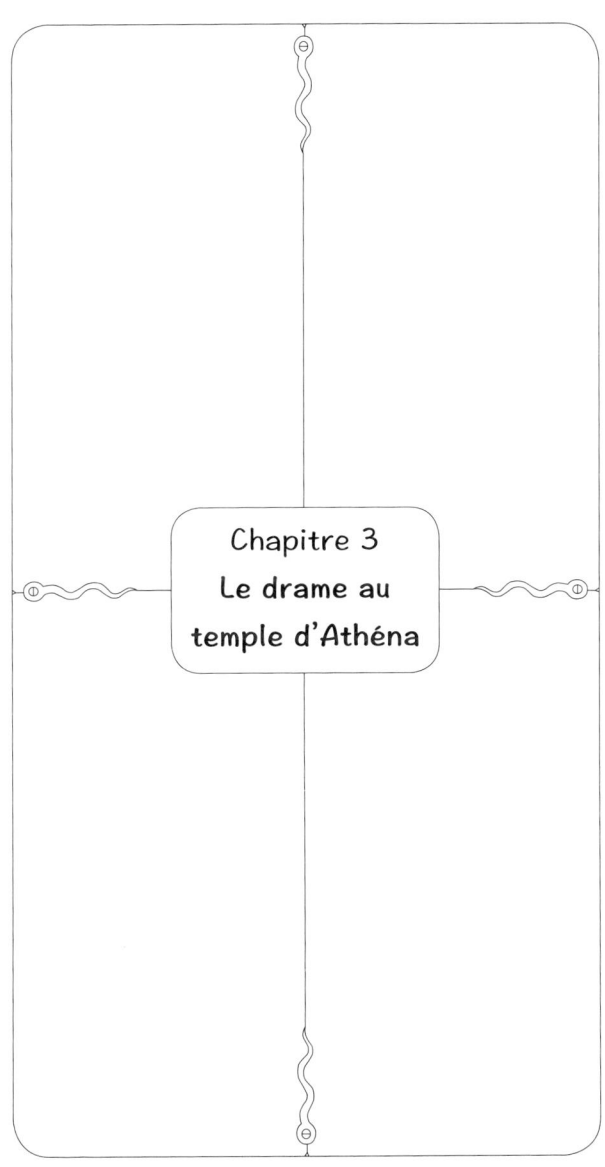

我们潜入海洋。

我原本害怕在水下会透不过气来,可不可思议的是,我如有神助,居然能像在地上一样轻松自如地呼吸。我们钻进鱼群中,朝着海洋深处游去,再也看不到任何东西了……啊,不对,有五颜六色的光芒在闪烁!接下来,波塞冬带我参观他的水下宫殿。真是富丽堂皇!水神们在四处散步。不知被施了何种魔法,海水是温的,既不太冷也不太热。水神们呈献给我一顿大餐,斟上掺了水的顶级佳酿。海神目不转睛地盯着我看,好像要把我当作甜点一口吃掉。

然后,他就把我送回了家,没碰我一根指头。这下我可就放心了!

可是,第二天,他不请自来,突然进入我的房间,我的保姆紧随其后。

他声若惊雷:"奥林匹斯山诸神在上!多美的头发啊!我整晚都在梦见你的秀发。过来,美人,我们出去转转。"

"可我感到很虚弱……"

"出去透透气会对你有好处！"

"可我已经答应了妈妈帮她纺羊毛……"

"让你的姐妹们去干就行了。来吧，就这么决定了。"

这不是提议，而是命令。

在格赖埃姐妹、托俄萨、戈耳工姐妹和斯库拉的注视下，我跟着这个可怕的神灵穿过庭院。盖亚祖母一声不吭，母亲则在无声啜泣，父亲骄傲的脸上挂着冰冷的笑容。

我会遭遇什么？

什么都不会发生，毫无疑问，只是出去转转而已。

波塞冬带我穿过橄榄树林和松树林，然后爬上了一座小山丘，又从另一座小山丘上下来。他不跟我讲话。我也是。他甚至都不转身察看我是否还紧跟其后。

就是这里了。

这是一座神庙，廊柱高耸入云。我家周围可没几幢建筑物！

"这地方是供奉我侄女雅典娜的。"波

塞冬告诉我。

雅典娜？就是那个主司军事和智慧的女神，同时也是那些既没有丈夫也没有情人的单身女性的守护者，更是那个不喜欢我炫耀美貌的神灵。我早已听闻她对我的不满，波塞冬为什么还要把我介绍给她呢？

我们走进了空无一人的神庙。在烈日炎炎的乡间走了很长一段路，但这里却很凉爽，让人倍感舒畅。一尊高大的白色大理石雕像代表雅典娜——傲慢，戴着头盔，手拿巨盾护体。我转过身，一脸疑问。

波塞冬抚摸着我的脸颊。

波塞冬一把搂住我的腰。

他把我的头往后仰，强吻起来。

现在，他正在碾轧我的身体，令我几乎无法呼吸。他口中咸咸的气息都喷洒在我身上。

我挣扎着想要推开他。可他坚如磐石，一动不动。在这里，在这神庙之中，他竟敢对我下手！

他只把我当作自己泄欲的对象。我的

眼泪和羞耻都藏在厚厚的发帘后面。

我羞愤难当……可我为什么要羞愤？到底是谁在作恶？是他，不是我！

紧接着，一个清脆的嗓音传来。雅典娜的雕像活了，一个有血有肉的女神出现了。

她看都没看我一眼，而是对波塞冬说："叔叔，你胆敢在这里奸污这个女孩，亵渎我的神庙。赶紧离开！"

"可是雅典娜，我没想到……"

"你从来不动动脑子，确实如此。从我的神庙里赶快消失！啊，你以为我什么都看不到？要知道，我守护着自己的每一座神庙，即便是最简陋的也不例外。"

刚才还如此自信的海神，一下子就失去了自己的威严。他把我扔在那儿，像个被捉现行的小偷一样溜了。

雅典娜继续说道："至于你，美杜莎，我观察你很久了。你自恃美貌，拒绝了所有向你求婚的男人。"

"可是……"

"闭嘴！我的神庙因你而被玷污。"

女神怎么敢这么说？难道我是导致她叔叔暴行的罪魁祸首？！难道我的美貌也有错？！

我被什么击中了，身子摇晃起来。这是怎么回事？神庙已然空无一人，雅典娜又变回了一尊雕像。

我头顶的皮肤开始燃烧，我的脸在变形。我是如此痛苦，一下子倒在冰冷的石板上，失去了意识。

我在嗞嗞声中醒来。这是从哪儿传来的嗞嗞声？我感觉自己掉进了蛇窝，一定是这样：有条爬行动物擦过我的脸颊，进入我的视野，我吓得尖叫了起来。

我猛地直起身子，用手捂住脑袋，试图驱赶那些爬行的怪物。不可能——我的头发……居然变成了蛇！它们聚成一堆，交缠在一起，舌头发出嗞嗞声，发出我听不懂的、令人不安的讯息。

还有我的手，它们怎么了？我的手指现在变成了青铜爪子！还有我的嘴呢？我感到有两个突起从里面向外伸出，就像野猪的獠牙。

我的美貌呢？

我变成了什么样子？

我从这座被诅咒的神庙破门而出，奔向橄榄树林里的小径。炎热让我发烧，泪水模糊了我的视线。

我的母亲，她一定知道如何破除这个魔咒；盖亚祖母也会为我说情。只要波塞冬承认自己犯下了大错，雅典娜就会明白自己错了。

一路上，我所经之处，总有怪事发生：我朝着兔子看，兔子就会变成石头，保持跳跃的姿势一动不动；我朝着蚱蜢看，它即刻变成小石子，仿佛是从它栖息的树枝上雕刻出来的。

我回到家门口，发现门被堵死了。门前站着两个狰狞的怪物，就像是一个模子里刻出来的：两个长着蛇发、尖尖的爪子和野猪獠牙的年轻姑娘。

难道说她们是我现在模样的翻版？我一下子明白了：原来雅典娜在惩罚我的同时，也惩罚了我无辜的姐妹们。

"爸爸妈妈把我们赶出了家门。"斯忒诺用严厉的声音告诉我。

"我们负责陪你上路。"欧律阿勒说道。

"去哪儿？"

"越远越好。格赖埃姐妹会为我们指明道路，我们的父亲正在给她们下达指示。"

我不明白："为什么是格赖埃姐妹？"

"她们会保护我们。"

格赖埃姐妹从门口钻了出来。

"这下好了，你和我们一样丑了。"厄倪俄牙齿咬得咯咯响。

"把眼睛给我，让我瞧瞧她。"彭佛瑞多要求道，"哦，是的，的确如此。依我看，她比我们还丑。"

这个发现似乎让她稍微松了口气。

"我们五个就这么被流放了。走吧,路还长着呢。"

我甚至都没能和父母说声"再见"。

我以后还能再看见他们吗?多么不公平啊!爸爸、妈妈,我再也见不到你们了,你们会因为我的离去而哀伤的。想当初,我是不是应该接受求婚?嫁给相貌堂堂的第一个求婚者?不,这不公平,这一切都不公平。还有我这几个可怜的姐妹……她们对我不理不睬。看得出,她们在怨我。

我们穿过陆地、海洋,翻越一座又一座火山。每当我在湖边喝水时,就会闭上眼睛,为的是不看到自己的倒影。我的姐妹们以为我睡着了,但我在听她们的低声争吵。她们不再和我说话,可我从她们的窃窃私语中听到,我们的父母要求她们护送我。这对她们来说一定很难!因为我,她们被迫背井离乡。我为她们的命运和我自己的命运感到哀伤。

我们走了很久,终于来到阿特拉斯山脚下。

"我俩的旅程就到这儿了。"格赖埃姐妹宣布说,"至于你们,你们继续往前走,前面有一个山洞。我们会阻止各种好奇的家伙去打扰你们——这就是我们如今的使命。"

我的青春在哪里?我的父母在哪里?

还有我的保姆！我多么想念你们！嗞嗞作响的蛇在我头顶盘旋，让我没有任何喘息的机会。

我的戈耳工姐妹始终不理睬我，她们找了一个角落，铺上稻草，做成一张简陋的床铺，就这么安顿下来。她们之所以没有被我的目光变成石头，是因为她们一生下来就有不死之身。

我从今往后的日子会是什么样子？

第四章
我的目光

Chapitre 4
Mon regard

第二天早上,我起身想去探索一下这片怪石嶙峋的荒凉地,因为从今往后,这里就是我的家了。可我根本无法动弹,我的下半身就像我们这三个戈耳工姐妹藏身的阿特拉斯山一样生了根。

在漫长的流亡之旅中,我们几乎没有说过话,可这下我慌了神,惊叫了起来:"我亲爱的姐妹们,你们也被钉在地上了吗?"

"你能不能不要开这种拙劣的玩笑?"斯忒诺抱怨道。

"可……她没说错!"欧律阿勒惊呼起来,"我没法再迈出一步了!喂,别这样盯着我看,美杜莎,你的目光正在燃烧我的全身。"

哦,不!

不!

我们就像鲜花,更确切地说像野草一样,在这里生了根,完全动弹不得。

我闭上眼睛。眼前浮现出以往缤纷动人、无忧无虑的景象:我在海边散步,双脚浸在海水中,妈妈正用温柔的目光注视着我。还有我的姐妹们,我们在凉爽的庭院里吵嘴,而此时的乡间正在希腊的艳阳下蒸腾。

我想一下子甩开浓密的黑色"鬈发",却发觉它们已经爬上了我的脸庞。我的手指同蛇发触碰到一起。我想用自己金属般的利爪撕碎它们,而它们却溜走了——蛇皮太光滑,根本无法抓住它们。

摸到它们让我感到恶心,我下意识睁大了眼睛。我的目光落到一头鹿身上,它把它那漂亮的棕色鹿头转向我……接着就僵住了,一条腿还悬在半空中。它全身都变白了,一动不动,就像一尊石像。

就是一尊雕像。

我并不想伤害它!它原本是那么漂亮,却被我在无意中杀死。新的噩梦开始了。

"你的目光所及之处所有生物都会石化。"斯忒诺注意到了,"幸好我有不死之身!要不然……"

"至于我嘛,我宁愿是肉体凡胎,"欧律阿勒叹了口气,"至少能一了百了。"

"不要这么说,"斯忒诺说道,眼泪顺着她的脸颊滚落,"我会照顾你的。我们总能找到一些笑料。说不定哪天众神会怜悯我们,放我们一马。毕竟,你我什么都没做。"

一听这话,我便怒不可遏地喊了起来,蛇发在我的头顶上起舞:"那我就是有罪的吗?!请问,我哪里做错了呢?就因为我以自己的秀发为荣,还是因为我太讨某个大神的喜欢了,就这么惹怒了一个傲慢的女神?"

"闭嘴!"欧律阿勒打断了我的话,"你又要惹怒他们了,万一被他们听见了可怎么得了?"

"没错。"斯忒诺坚持说道,"万一雅典娜听见了我们的谈话,会不会下手更狠呢?"

一片沉默。在这个离地狱入口如此近的地方,我只能闭嘴了。

日子一天天过去,又有新的倒霉鬼在

我眼前遭了殃,包括一头路过的野猪、一只探头探脑的猞猁、一头鹿、一条毒蛇。我们的巢穴周围开始出现一座没有生命的石林。我的目光所及之处,就会有新的生灵丧命。就这样,我周围出现了许多雕像,它们还保持着临死前的最后一个动作。

我终于明白了,为什么要由格赖埃姐妹来负责守卫通向我们的道路:并不是为了挽救我们的性命,而是为了挽救可能贸然闯入的访客的性命。她们怎么阻止那些四处游荡的动物呢?她们大概没想到这一点,她们只负责别让半神、神灵和人类进入此地。我们再也瞧不见这两个姐妹了,她们也听不到我们的声音了。她们还在那儿吗?无从得知。

我们三个被困在这里多久了?一个月还是两个月?我已经记不清了。我陷入一种半梦半醒的状态中,夹杂着无聊和回忆。

可突然……有脚步声，正朝着这边靠近。脚步声在小径上回响着。来者是个两足动物。是人，还是英雄(在希腊神话里，英雄是半神，是男神与凡人女子或是女神与凡人男子生的儿子。)？

"他来这儿做什么？"欧律阿勒吃惊地问道，她也听到了脚步声。

"格赖埃姐妹居然没有挡住他的去路？"斯忒诺大声问道。

我猜测道："说不定她们把眼睛拿了出来，正在打盹。"

我目不转睛地盯着小路：只见一个穿着凉鞋的年轻人出现了，满身都是尘土——他定是走了很长时间的路。他看着我，我看着他……他就这么变成了石头，一只脚还悬在空中，脸上凝固着惊讶的表情。我笑了起来，仿佛刚刚赢得了一场胜利。从前多少男人想要娶我，他们执着的目光让我焦虑，现在轮到我让他们石化了——他们真的变成了岩石，真的为我丢了魂。

我们的名声一定传到了许多地方：各

种好奇鬼、猎人、白皮肤、黑皮肤、大个子、小矮子、红发、卷毛，都跑来造访。他们以为我睡着了吗？有些人持着剑凑过来，可有什么用？我的石林变得拥挤不堪：那些访客都在那儿，大理石的眼睛流露出惊讶，还保留着死前最后的姿态。天下最伟大的艺术家都没法打造出如此栩栩如生的作品！没有任何其他生物会在无意间造成如此多的生灵涂炭。

我完全忘记了时光的流逝……日子一天天过去了，每天看起来都一样。

从远处传来一阵沙沙声，这是宁芙仙女们的声音，来自冥界的宁芙仙女们。她们住在亡灵所在的地方。此前她们从来没有说过话。一定有什么特别的事情要发生。我竖起了耳朵。

"一位半神正在找戈耳工姐妹。"其中一个宁芙仙女对另一个说道，"他很厉害。"

"他叫什么名字?"

"我不知道。"

"他找到格赖埃姐妹了吗?"

"他现在正在她们那边。"

"他会来找我们吗?"

"嘘!小点声!万一美杜莎听到我们的谈话……"

万一我听到她们的谈话……我现在

听到了她们的谈话，会发生什么了不得的事情？

我不再是一头任人宰割的羔羊。要是有人想杀我，他就等着瞧吧！天底下有谁抵抗得了我双眼的威力？

一个都没有。

这家伙会和其他人一样，被我用我唯一的武器打败，那就是：我的目光。

第五章
活下去

Chapitre 5
Je veux vivre

一整夜过去了,并没有人来我们这边。今天早上,我的听力变得更敏锐了——我居然听到了格赖埃姐妹的说话声,这既可能是因为危险迫近,也可能是因为她们太大声了……还是说,她们在扯着嗓门大喊大叫?就直线距离来说,她们离我们的栖身之处并不远。不过,我之前还从未听到她们发出过任何抗议、咆哮,或是愤怒的嘶喊声。

我竖起耳朵仔细听。

另一个声音同她们的声音混杂在一起。我尽量让自己的心脏跳得慢些,我想听到一切,我必须听到一切。

我听到远处,厄倪俄用沙哑的嗓音问道:"谁在那儿?"

"我名叫珀耳修斯。"一个低沉的声音回答,"我是宙斯的儿子,赫拉克勒斯的子孙。我的先祖曾完成过12项不可能完成的功绩。"

"珀耳修斯?这名字有点耳熟。"我姐姐彭佛瑞多咬牙切齿地说道,"啊呀呀,让我瞧瞧你……"

她瞧见了什么？只要能知道答案，即便付出任何代价也在所不惜！

看起来，厄倪俄也是如此。因为我听到她用一种迫不及待又故作平静的语气要求道："好姐姐，把咱的眼睛借我一用，让我也仔细瞧瞧那个陌生人。"

"我可以描述给你听。"彭佛瑞多岔开了话题，"我们的皮囊有多皱他的皮肤就有多光滑，我们有多衰老他就有多年轻，我们有多丑他就有多美，这是个意志坚定的希腊人。"

"很好很好。无论如何，把咱们的眼睛给我。"厄倪俄坚持道。

"既然你如此坚持，那好吧。"彭佛瑞多叹了口气。

接着是一阵沉默。

"喂，眼睛呢？"我的另一个姐妹生气地问道。

"在我手心里！"珀耳修斯得意扬扬地喊道，"我截住了你们的宝贝。"

"彭佛瑞多，你怎么这么粗心？我们现在是瞎子了。哎哟！陌生人，你刚刚做了什么？为什么我说话的时候嘴巴会痛？"

"就在刚才，我把你们的牙齿也拔掉了，漂亮宝贝们！"英雄嘲笑起来，"现在，把我需要得到的信息告诉我，我会把东西还给你们。"

他想要什么？他胆敢从我姐妹们那里偷东西，那可是她们用来吃东西和看世界的家当！这不是什么好兆头。我竖起耳朵听。

"说吧！"厄倪俄用嘶哑的声音问道，"你想知道什么？"

"我想知道走哪条路才能见到那些宁芙仙女，那些能给我必要工具的宁芙仙女。还有，把通往美杜莎的那条路指给我看。"

我的姐妹们异口同声发出一阵狂笑："你年纪轻轻就不想活了吗？"

"恰恰相反，我要活下去。"这个名叫珀耳修斯的年轻人回答，"我不是来寻开心的。我被迫前来，必须完成自己的任务。"

"你什么都不会得到的。"

"正所谓'以牙还牙,以眼还眼',既然你们这么吝啬,我就不把东西还给你们了,无论是牙齿还是眼睛。"

"等等!"厄倪俄恳求道,"别走!"

我的姐妹们会为了换回她们可怜的宝贝而背叛我吗?尽管我们从小就处不来,可现在她们肩负着守护我的使命。更何况,我们的血管里流着同样的血……

这些对她们来说都不重要,我听到她们一五一十地向陌生人吐露了宁芙仙女们的藏身之所。这些宁芙仙女会赐予他带翅膀的凉鞋和其他神力,说出通往我藏身之处的密道在哪里——这条路是前人通过不断摸索发现的,他们为此丢了性命。

"喂,别走! 把我们的眼睛和牙齿还给我们! 你保证过的!"彭佛瑞多喊道。

"还是由我来保管吧。"低沉的声音响起,"少了它们,你们还有办法提醒美杜莎我来了。"

"不,不会的,我们向你发誓……"

"你们向我发什么誓? 你们不是曾经

发誓要保护你们的妹妹吗？现在你们背叛了她，还想让我相信你们说的鬼话？"

他说得对，格赖埃姐妹把我出卖了，不过我并不在乎。宙斯的这个儿子会和其他人一样：只要他的目光同我的目光相遇，他就将变成一尊石像。他会为石林锦上添花，成为雕塑中的精品。即便他历经千难万险而来，可照样命不久矣。

我的戈耳工姐妹并没有听到外面刚刚发生的事情。她俩仗着自己拥有不死之身，天不怕地不怕。她们整天睡觉和做梦，来打发无聊的日子。

我的蛇发在头顶挥舞，发出咝咝的响声。宁芙仙女们的窃窃私语再次在风中沙沙作响。这些声音如同摇篮曲，送我进入梦乡。从格赖埃姐妹那边到我这里，还有很长一段路要走，我有的是时间。珀耳修斯定是步行前来，才能看到斯提克斯河上的宁芙仙女们……他还得走啊走啊，才能走到我的眼前，走到生命的终点。

"美杜莎!"斯忒诺催促道。

我从酣睡中惊醒,咸咸的风中夹杂着阵阵笑声。我梦见自己在锡镜里欣赏自己满头褐色的鬈发。梦见我依旧是那个既美丽又自由的年轻女孩,那个留存在我记忆深处的女孩。

我打了一会儿瞌睡,定是如此。

昔日的景象是多么美好,为什么要把我从过去的幸福里拉出来?

"有人来了!一个男人……不,很可能是一个半神。"

可无论我如何仔细查看来路,都什么也看不到。

"假如这是一个玩笑,可一点不好笑!"

"在那边!"斯忒诺再次警告我,"更高的地方。"

我抬起头。

我看到了他。

一个年轻人飞在离地面几米的半空。这不可能！啊，是真的！他的凉鞋上有翅膀，他就是这样前进的。这么说来，他找到了斯提克斯河上的宁芙仙女们！

我竭力捕捉他的目光……可他却后退着靠近我！他一边退后，一边看着手里拿着的盾牌。盾牌表面是如此光滑，如此闪亮，可以照映出世间万物。这样一来，他可以在看到我的同时，躲在我的视线之外！

在我的头顶，群蛇吐着信子，纷纷扭动起来。我的姐妹们七嘴八舌地出主意，而我却充耳不闻。这个珀耳修斯，这个宙斯的儿子，得到了奥林匹斯山诸神的帮助，方才获得了这些神力。要不然，他根本不可能做到。另外，现在想来，我好像在哪儿

见过这个盾牌。哦，是的。我想起来了……在雅典娜神庙，那个改变我人生的地方，雅典娜的雕像拿着同样的盾牌。这么说来，我的仇敌始终不肯放过我！

我怎样才能对抗这样的神力？

珀耳修斯再次靠近。他现在离我很近，始终背对着我，手里挥舞着一把锋利的长剑。

我的心狂跳不止。

即便我脸上长着野猪的獠牙，即便我伸着长长的爪子，即便我在世界的尽头，远离父母，动弹不得，但神灵们却仍然想赶尽杀绝。可我想要活下去，哪怕再多活一天，再多活两天。我想听小鸟唱歌，听知了在树上争鸣。

我想要活下去。

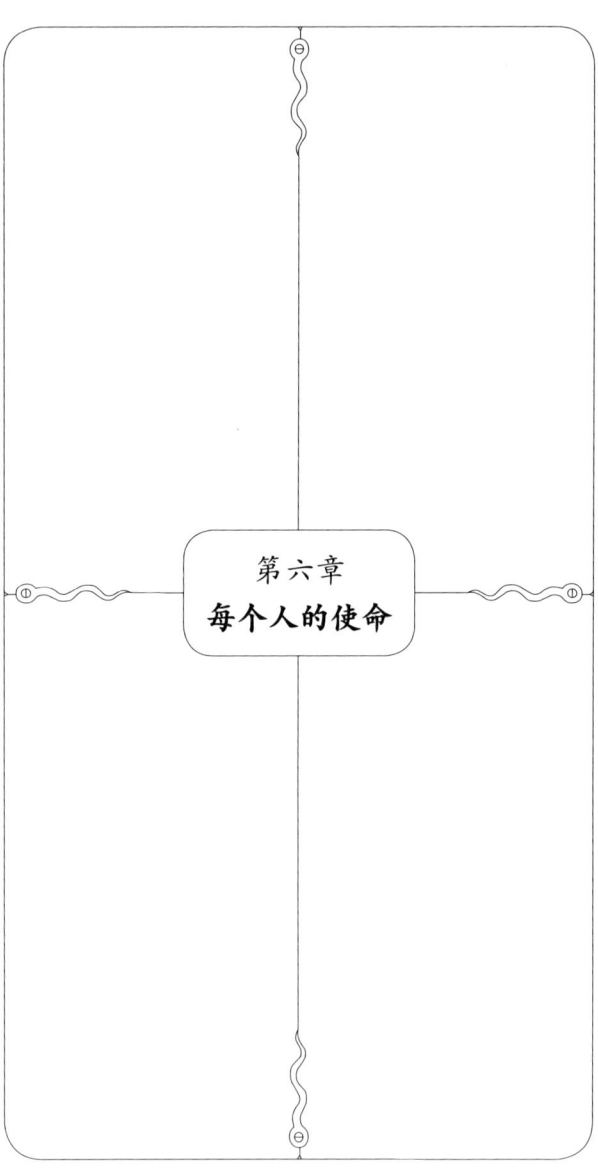

第六章
每个人的使命

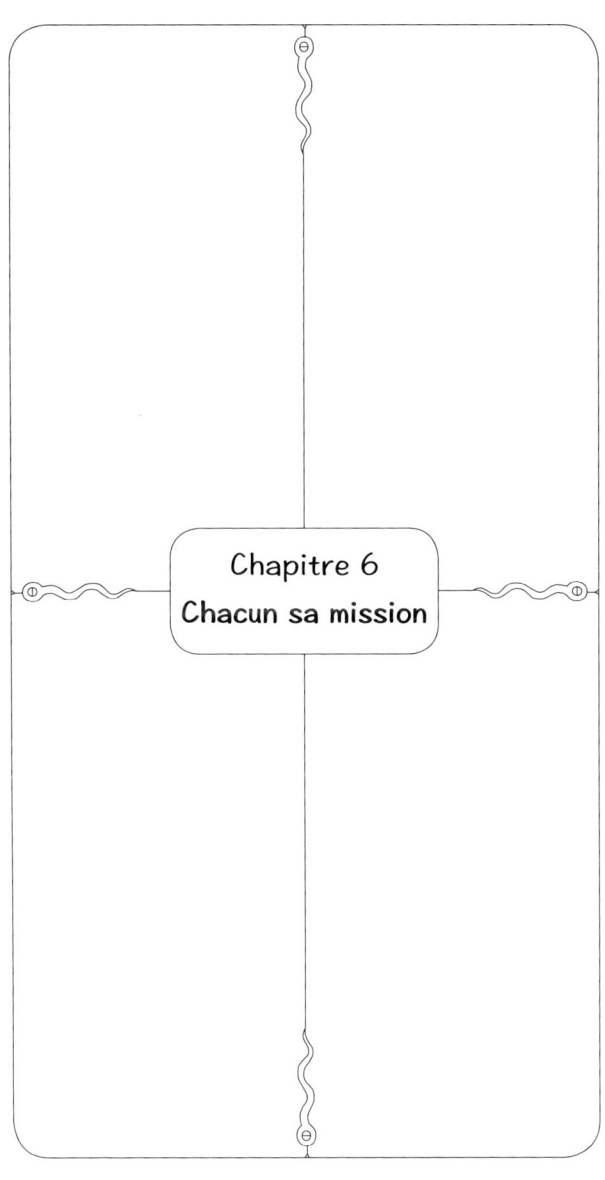

Chapitre 6
Chacun sa mission

珀耳修斯的利剑在空中一闪，我顿时动弹不得！我的姐妹们无助地叫喊起来。突然间，我感到痛苦不堪。空气离开了我的肺，我的灵魂就这么上了天。

我的脑袋在地上打滚，眼睛睁得老大，注视着自己一动不动的身体。我身首异处，脖子被齐刷刷切断，鲜血流啊流，汇成了一条红色的小河。不知道是什么显灵，我的眼睛依然可以看见这一切。可毫无疑问，我必死无疑。因为说到底，我生来就是肉体凡胎。可看起来，我不会马上就死。某个神灵兴许已经决定了要让我看着自己垂死挣扎，却束手无策。不用说，一定是这样的。这神灵是不是雅典娜？

突然，从我流淌的血液中诞生出一个形体。它从我一动不动的身体中逐渐长大，再渐渐分离，变成了一位手执金剑的伟大战士。风儿悄声告诉我：他的名字是"克律萨俄耳"。

这名战士凝视着我，低声说道："母亲，我多么想把你紧紧抱在怀里，我多么希望拥有一个童年。可波塞冬，我的父亲，却另有打算。我得走了。"

我想回答他，可嘴里却发不出任何声音。我听得到，我看得到。我居然还能看得到！我使出超人的力气，垂下了自己的眼皮，以免自己杀人的目光会夺取自己孩子的性命。

风儿沙沙……他已经走了，这个从我的伤口里诞生的生灵。

我的脖子作为这条"红河"的源头，再次颤抖起来。这一回，出现了一匹长着巨大翅膀的白马，威猛无比。

这时，斩杀我的凶手珀耳修斯的声音再次响起："我给你起名'珀伽索斯'，意思是'源头'。愿这个名字能让你不要忘记自己的身世：美杜莎的鲜血流淌到大地上，就有了你！"

我听到儿子的翅膀徐徐展开，这个俊美的小生命就这么起身飞走了。永别了。

一只蚂蚁爬到我眼前的一片草叶上，顿时变成了一尊微小的雕像——也就是说，我还没有失去自己的神力！这算是上天的恩赐还是诅咒？无论怎样，珀耳修斯一定看到了蚂蚁的遭遇。他一把抓住我的蛇发，把我的脑袋塞进了挂在他腰带上的一个袋子里。顿时，我陷入一片漆黑。接下来会发生什么？

狂风在外面咆哮。我在袋子底部，只不过是一颗毫无生气的头颅，像一块破布一样摇来晃去。珀耳修斯飞到空中，随身带着我这个战利品。

他的声音在风中回荡："美杜莎，我知道你听得到。我来此取你首级，好救自己一命。我们将飞过千山万水，你再也不会回到这里，也不会回到你幼年的故乡。我带你去别的地方。"

"别的地方？"

这位英雄似乎听到了我内心的疑问，又开始了他的独白："要是没有外力帮忙，我永远无法打败你！我知道你很清楚这一点。你想知道我的神力是从哪里来的吗？是上天诸神赐予的，他们没有伤害你的意思。也许只有一个女神除外……"

其中一个女神？那肯定是雅典娜了。除

了她，还有谁会怨恨我？我在她的神庙里遭遇暴行，她却因此怨恨我，多么可悲和可笑啊！

英雄的声音把我从回忆中拉了回来："天上诸神都对命运的安排心知肚明。无论是你是我还是他们，没有人可以逃脱命运的魔掌。每个人都有使命要完成。我们还能怎样，都是被人生捉弄的可怜虫罢了。"

就让他为自己辩白去吧。至于我，我不过是一颗没有身体的脑袋，被扔在一个袋子里。假如我还有一颗心，定会忐忑不安，就像在乘船时那样。不管怎样，我的死期已经不远了，现在不过是在苟延残喘。

一场猜谜游戏开始了，纵使我还能开口说话，却无法回答其中的任何一个问题。

"你知道是谁把原先交给斯提克斯河上的宁芙仙女们的带翅膀的凉鞋借给了我？"

……

"是赫耳墨斯，旅行者和盗贼的守护神。这位宙斯的使者像风一样穿梭自如。他知道我若是步行要花好几年才能走到你身边，而这双凉鞋能帮助我在空中日行千里。他还给了我一把足以一击致命的武器。"

多么友好的口吻！犯不着对我这样和气！我没有盟友，就连我的格赖埃姐妹都被这个悲情英雄给蒙骗了。

他继续说道："你知道我是如何在你无法看到我的情况下靠近你的吗？"

……

"冥王哈得斯把他的头盔借给我，只要戴上它就能隐身。"

我感觉珀耳修斯还没说完，最糟的还在后头。

"光是这些还不够……"

我想要大喊，我不想再听到这个夺走了我生命的女神的名字。可他还是会跟我提起她，因为我看到了他手中的雅典娜盾牌！

"好在雅典娜把她的神盾借给我。这面盾牌光可鉴人，所以我才能看到你映射在里面的样子，躲过你杀人的目光。"

雅典娜把石化一切生物的力量硬塞给我，却帮助珀耳修斯逃过一劫。这是为什么？

在疾风的呼啸声中，珀耳修斯很快就说出了答案："女神一直在庇护着我的母亲达娜厄，所以她也庇护我。假如我的任务失败了，没把你的头带回来，我母亲就得嫁给一个可怕的国王，正是他要求把你作为战利品献给他。再说了，雅典娜和我如同兄妹，我俩都是宙斯的孩子。"

我原本可以打趣似的反驳他——"所以她们的幸福都建立在我的不幸之上。女人之间就该互帮互助"，可是我没有。

因为这么说是不公平的：我很清楚，我虽说被宣判了死刑，可达娜厄并没有参与其中。那么，我在她这桩婚事当中到底能派什么用场，只是为了证明珀耳修斯能打败我吗？

这个问号在我脑子里不停打转。珀耳修斯这次没有猜到我的心思，兴许是他不愿回答吧。我们的旅程在狂风中继续。我们飞越了山川和海洋、沙滩和草地。我们会时不时停下来过夜。在其中一次休整中，杀我的凶手又开始张口说话了……

第七章

很久以前的故事

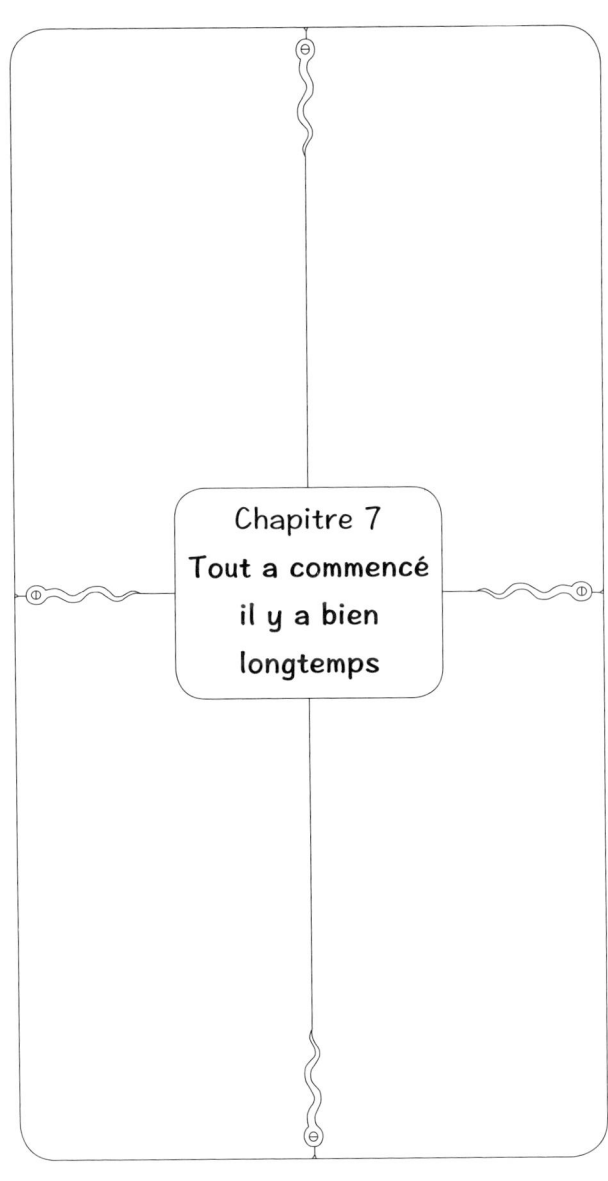

Chapitre 7
Tout a commencé il y a bien longtemps

我透过袋子上的一个小孔，勉强看到珀耳修斯的后背。他很小心，从不正面对着我。他知道我这双眼睛的厉害，即便并非出于我所愿，即便我已半死不活，其威力依旧能够杀人于无形。

他蹲在火堆旁，想来是在暖手，同时喃喃自语着。我听到他用低沉的声音讲述自己的青春岁月。或许他是说给自己听的，或许是说给我听的，也可能两者兼而有之。

故事发生在很久很久以前……确切来说，早在他出生前。夜幕降临，他的话像摇篮一样哄我入睡，钻进并铭刻在我的脑海里。

"我的祖父阿克里西俄斯是阿尔戈斯城的国王。我从没见过他！他有一个非常漂亮的女儿——达娜厄。他做梦都想有一个小外孙，于是就去祈求神灵。神谕告诉他：'假如你女儿达娜厄有一个儿子，那么这个儿子终有一天会杀了你。'"

听到这里，我想开口问他："这和我有什么关系？"可我的舌头堵在嘴里动弹不得，不能发出一点声音。我只能听着、看着，仅此而已。于是，我继续听下去。至少这个故事把我从黑暗的念头中拉了出来。

珀耳修斯继续说道："我母亲达娜厄告诉了我这一切……那时我还没有出生。她父亲从占卜师那回来以后，就下令建造一座用青铜打造的地下监狱。城里的所有工匠都被叫来干活了。这座监狱一建成，阿克里西俄斯就把自己的女儿带到那里关了起来。他只有一个念头：阻止任何男人接近达娜厄，这样她就永远不会有孩子，预言就不会成真。"

我在心里偷笑了起来：我敢打赌阿克里西俄斯国王已经忘记了神灵的脾气和威力有多厉害……我没说错吧？我竖起耳朵继续听，想知道接下来会发生什么。

"众神之王宙斯眼观六路、耳听八方，自然注意到了公主的绝色美貌。就算她被关起来了，宙斯还是决定去找她。众所周知，宙斯能千变万化：有一次，他为了引诱一个美女，甚至化身为白牛(此处指的是宙斯变成白牛引诱腓尼基公主欧罗巴的故事)。……这次为了接近达娜厄，他化作了金雨，落入地下监狱的一个小孔中，碰到了她的身体。从他俩这奇怪的结合中诞生了一个儿子。那个儿子就是我，珀耳修斯。"

所以，我是对的：现在宙斯也掺和进来了。杀我的刽子手的确是一个半神：因为区区凡人是不可能打败我的。一个凡人是不可能得到这么多神灵出手相助的！我曾经是个人，如今变成了怪物，我别无选择。我现在想知道的是，达娜厄是如何逃过她父亲的雷霆之怒的？

珀耳修斯啃了几口东西——兴许是几颗橄榄和硬面包——然后继续说道："我不知道你有没有听到，美杜莎……接下来的事情是我母亲告诉我的：她父亲阿克里西俄斯国王不敢杀她，也不敢杀她的孩子——也就是我。他太害怕会触怒众神了，或许他对我们多少心怀怜惜，但他不希望我有一天会像神谕所预言的那样杀死自己。于是，他把我们两个装进了一个木箱里，扔到海里让我们自生自灭，幸好波塞冬在一旁看到了。他平息了海浪，把我们带到了塞里福斯岛。那片领土的国王波吕得克忒斯收留了我们,我就是在那里长大的。"

我真想大声叫起来。波塞冬,多么迷人的神灵啊!珀耳修斯显然是这么认为的。真是讽刺,他不知道我之所以落到这般境地,正是拜这个为所欲为的家伙所赐。

珀耳修斯叹了口气,他的声音变得更加刺耳:"我成年后,暴君波吕得克忒斯爱上了我的母亲,一心想要娶她。可达娜厄从来没有爱过他。这些年来,他的追求越来越执着,每次都在我母亲那里吃闭门羹。至于我,我竭尽所能地保护她。国王便开始讨厌我,问我要一件东西……一件不可能得到的东西:他要我把你——美杜莎的头带给他,作为即将举行的婚礼的礼物。我原以为自己会在这次任务中死去——人人都知道你的威力。多亏了那些守护着我的神灵出手相助,尤其是雅典娜,我才能死里逃生。"

雅典娜,我不共戴天的仇人,是她把我变成了这副模样,让我遭遇不幸。现在我掉了脑袋,幕后主谋原来还是她。

第八章
一份厚礼

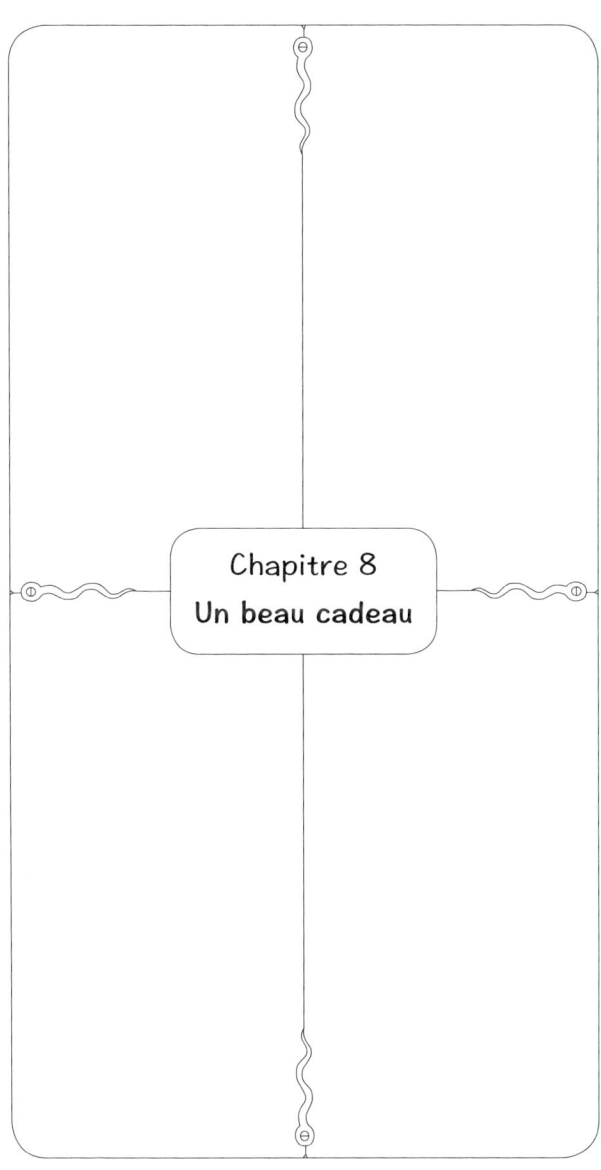

Chapitre 8
Un beau cadeau

又是一次撞击。我们回到坚实的大地上了,我的脑袋在袋子里摇晃。这一次,珀耳修斯没有准备过夜的宿营地,而是走啊走啊,他爬上楼梯。

接下来,一段对话传到我耳中:"向您问好,波吕得克忒斯国王,我带来了您想要的。"

"你……此话当真?"

一阵沉默。

"您就不想看看戈耳工女妖的脑袋?"珀耳修斯继续说道,"她可不是无名小卒。您是知道的,这是一份结婚厚礼。"

珀耳修斯的语气尖锐而讽刺。他取笑的并不是我,而是波吕得克忒斯。我敢肯定。

"把戈耳工留在那个袋子里,我的年轻朋友。那里适合她。"

"我不是您的朋友,波吕得克忒斯。我母亲在哪里?达娜厄在哪里?"珀耳修斯问道。

"好吧……"

"你伤害她了?"他叫了出来。

我能感觉到他声音里充满着恐慌。他跑上前,一把掐住了国王的喉咙。

"她……她只是去了雅典娜的神庙。"

哦,不,雅典娜的神庙,肯定不是我遭受厄运的那一座,可又有什么分别?珀耳修斯拔腿就跑,我在他紧绷的背上辗转反侧。我们来到了一个黑暗的地方,每走一步都会有回响。毫无疑问,我们进入了神庙。年轻人呼唤了起来,他的声音在四壁间回荡,从千百个角落反弹到我身上。

"达娜厄?母亲,你在吗?是我,你的儿子。回答我!"

"珀耳修斯,我好为你担惊受怕!你来了,你还活着!"

哦,这个温柔的声音,这是他母亲的声音。我很难受,我多么想听听我自己母亲的声音,我多么希望她能拥我入怀。

我再也不能享受到这种幸福了。

可我曾经拥有过它。

我知道母亲爱过我,父亲爱过我。他

们在我心里，他们在我小时候给了我很多，我会永远想念他们。

两个声音你问我答，把我从记忆中拉了回来。

"你在这神庙里做什么，母亲？"

"我是来这里祈祷的。"

"从什么时候开始的？"

"说实话吧……"

"你消瘦了不少。请告诉我真相，你是因为暴君才躲到这里来的？"

一声轻叹。

"他要我在你不在的时候嫁给他，我拒绝了。他说你死了，我觉得那是假话。我一直抱有希望，觉得自己会重获自由，你会平安归来。现在我如愿以偿了！"

"比你想象的还要好！"珀耳修斯的声音铿锵有力。

似乎有一场风暴正朝着神庙袭来，一场愤怒的风暴。

我们沿着原路往回走，走上了通往宫殿的楼梯。

"波吕得克忒斯!"年轻人喊道。

"我在这儿。"

"来看看你要的礼物吧!"

珀耳修斯打开装着我脑袋的袋子。他的手一把抓住我的蛇发,把我举到了亮处。我看到一个留着卷曲胡须和头发的健壮男子,他表情坚毅,一看就是那种对自己深信不疑的人。

我们四目相对,在我神奇目光的注视下,他的脸顿时变得惨白。他马上用手臂遮挡眼睛,但这个姿势被永久定格成了雕像。他再也无法痴心妄想地追求达娜厄了。

这一次,多亏了我,一个女人赢得了自由。

那么现在,我会遭遇到什么?

珀耳修斯真的会把我当作结婚礼物吗?

不。他轻声呼唤道:"雅典娜?女神啊,你在你的神庙里护我母亲周全,我要谢谢你。"

哦，不……

雅典娜女神现身了，头戴头盔，手持长矛，身着战甲！

她是多么高大，多么漂亮！

在那一瞬间，我敬仰她。

"这么说来，美杜莎，你不再是那个骄傲地炫耀头发的小姑娘了……"

珀耳修斯继续说道：

"女神殿下，请赏光收下……"

他把我的头递给她。

他胆敢把我的头递给她！

"如果把它固定在盾牌上，你的敌人就会被它可怕的眼睛变成石头。你愿意接受这份礼物吗?"

雅典娜露出一丝不可捉摸的笑容。

"我愿意。"

就在那一刹那,我被固定在女神的盾牌上。我双目圆睁,就像一件致命的武器。

可我唯一想四目相对的,就是这位女神。但她总是把我转向她的敌人。

就算我真能同她四目相对,那又有什么用呢?

她拥有不死之身。

我肯定永远无法将她变成石头。永远不能。

我成了自己不共戴天之敌的最佳武器。

很可笑,不是吗?

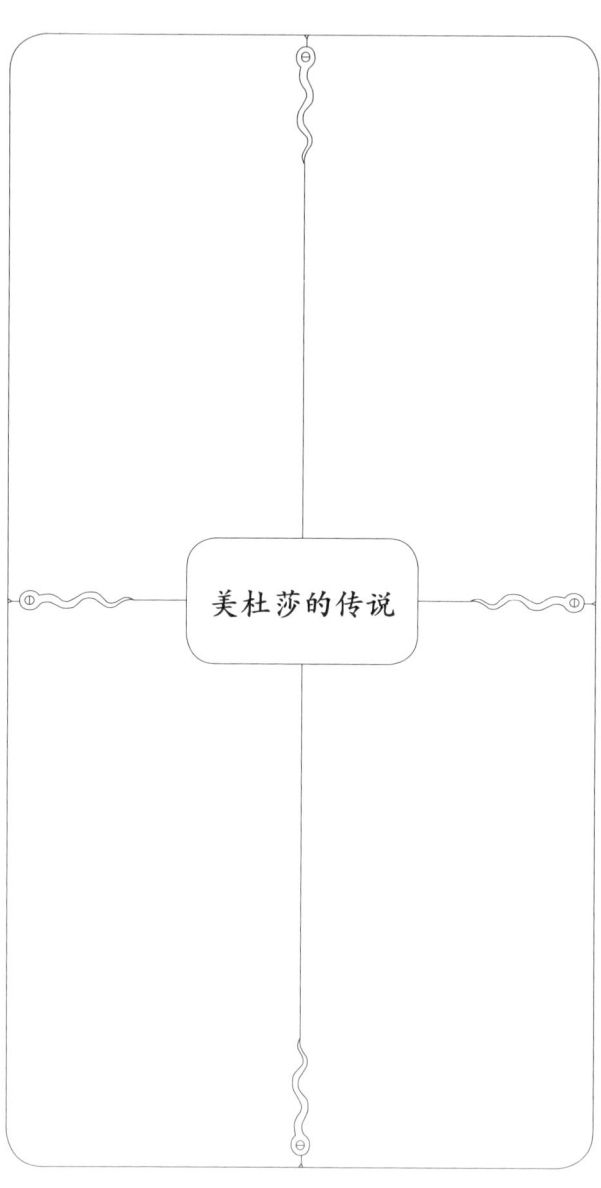

美杜莎的传说

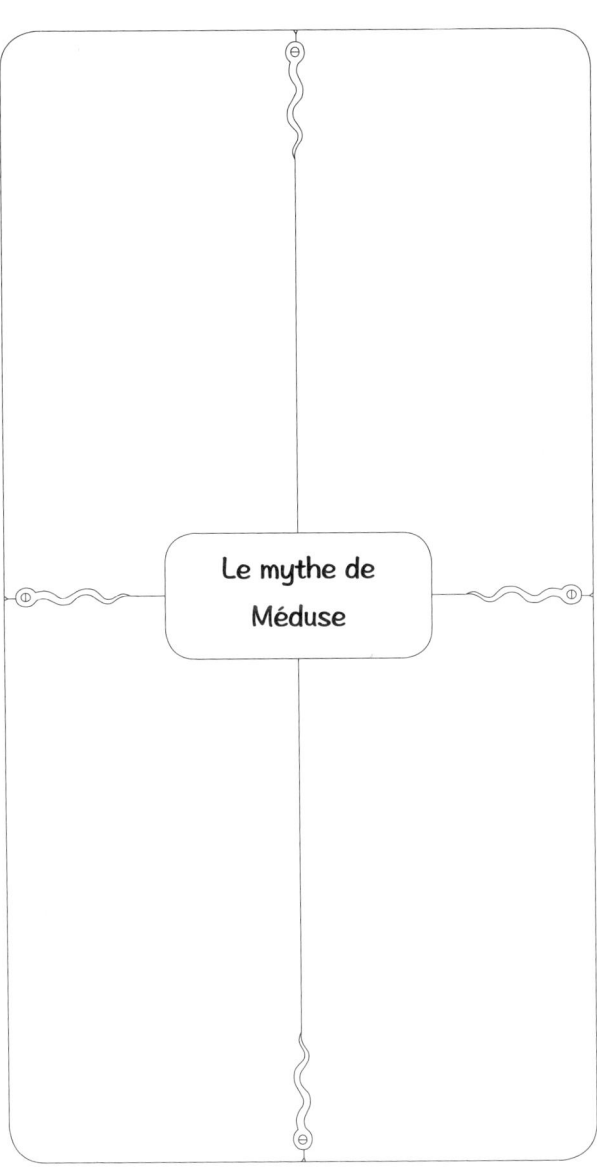

美杜莎通常被看作杀人如麻的恶魔。既然您已走入她的世界，也许您想知道美杜莎的传说是怎么来的，想要深入了解一下她的故事。

什么是希腊神话？

神话讲述的是非凡人物的事迹。这些人物并非儿童传说中的英雄，而是整个民族曾经信奉的男女诸神：他们属于宗教的一部分。

在2000多年前的古希腊，曾经有过供奉宙斯、赫拉、雅典娜、阿波罗的神庙……也曾有过祭祀这些神灵的神职人员，以及向他们致敬的神圣运动会，比如著名的奥林匹克运动会就是献给宙斯的。

谁是美杜莎和戈耳工姐妹？

美杜莎是戈耳工三姐妹之一。她们是古老的原始神灵，大地女神盖亚是她们的祖母，祖父蓬托斯则是海洋的化身，除此以外并没有留下什么特别的传说。戈耳工三姐妹的父母是海神福耳库斯和刻托。

美杜莎是戈耳工三姐妹中唯一拥有血肉之躯的。

她还有其他姐妹：根据某些说法，其中包括生来又老又丑、满脸皱纹的格赖埃姐妹，还有半人半狗的斯库拉。在荷马的《奥德赛》中，奥德修斯的船在斯库拉和大漩涡海妖卡律布狄斯之间蜿蜒前行，这就产生了法语中"在卡律布狄斯到斯库拉之间"的谚语，意思是"左右为难"。

美杜莎的古老神话故事，同奥林匹斯山诸神的传说密切相关。按照后世开列的神灵世代顺序，依次为众神之王宙斯、海王波塞冬、宙斯的女儿雅典娜……

美杜莎长什么样子？

她本是一个非常漂亮的年轻女孩，以自己一头出众的秀发为荣。所有版本的神话都声称她的美貌是她不幸的根由：有版本说，因为她吹嘘自己的头发比女神雅典娜更漂亮，后者为了惩罚她，就把她的秀发变成蛇发；也有版本说是因为海神波塞冬想引诱美杜莎，在一座献给雅典娜的神庙里

©Jannick Jérémy — 美杜莎雕像,卢浮宫朗斯分馆藏。

奸污了她,雅典娜就拿这姑娘出气——即便美杜莎显然是神灵施暴的受害者。从女权角度来看,我们现代人完全不能接受这种古希腊叙述逻辑。

无论是哪个版本的神话传说,结局都是一样的:美丽的姑娘变成了怪物,除了蛇发以外,她还长了野猪的獠牙、青铜的爪子,甚至还有金色的翅膀。可她已经动弹不得,插翅也难飞了。

珀耳修斯之旅

变成怪物以后,美杜莎就离开了希腊,去了很远的地方。根据某些神话版本,她流浪到世界的最西部,靠近冥界;也有人说,她和她的姐妹们住在北非的阿特拉斯山脚下。

也就是说,珀耳修斯寻找美杜莎的旅程,是一次前往未知之地的冒险之旅。

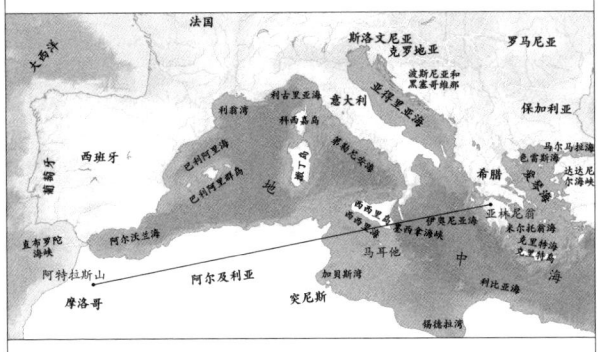

© OH237 - 美杜莎的流亡之旅

他首先找格赖埃姐妹打听，然后找到了冥河斯堤克斯河上的宁芙仙女们。后者给了他隐身头盔和带翅膀的凉鞋：没有这两样东西，他是无法击败美杜莎的。

珀耳修斯为什么要杀死美杜莎？

珀耳修斯是希腊神话中的伟大英雄之一。通常，故事总是以战胜怪物的半神为视角。不过不要忘了，珀耳修斯和美杜莎一样，都受制于命运，身不由己，包括众神在内的所有生灵都必须屈从于命运的至上力量。

珀耳修斯的外祖父阿克里西俄斯是阿耳戈斯城的国王。他一直和兄弟普洛托斯针锋相对，有些版本会把他兄弟也写入故事情节。无论是哪个版本，都提到了阿克里西俄斯想要一个男性后代。可神谕却告诉他：如果阿克里西俄斯和妻子阿伽尼珀所生的女儿达娜厄生下一个男孩，这男孩就会杀了他。为了不让预言成真，阿克里西俄斯将达娜厄关进了铜墙铁壁制成的牢房。没想到宙斯变成了金雨，从小洞里成功溜了进去，见到了达

095 © Vassil -《珀耳修斯和蛇发女妖》,卡米耶·克洛代尔(Camille Claudel),1902年。

娜厄。珀耳修斯就是宙斯和达娜厄所生的孩子。

阿克里西俄斯把达娜厄和她的孩子关进一个木箱中,扔到变幻莫测的大海里,任凭他们自生自灭。波塞冬平息了海浪,木箱漂到了塞里福斯岛。一名渔夫发现了达娜厄和孩子,就把他们带到当地的国王波吕得克忒斯面前。后者一见到美丽的达娜厄,就动了和她结婚的心思,因此收留了这母子俩。可珀耳修斯渐渐长大,一心反对这桩婚事。为了把年轻人支走,波吕得克忒斯要求他带回美杜莎的头颅——他显然知道美杜莎拥有致命力量。在众神的帮助下,珀耳修斯取下了美杜莎的头颅(有版本说他是趁着女妖睡觉的时候),并把她带到了波吕得克忒斯那里。后者继续追求达娜厄,珀耳修斯向他展示保留了威力的美杜莎头颅,就这么杀死了波吕得克忒斯。后来,珀耳修斯在半路上遇到了一个女孩安德洛墨达,无辜的女孩被人绑在一块岩石上,献祭给海怪,以平息波塞冬的怒火。多亏美杜莎再度发威,女孩得救了。珀耳修斯得以和她喜结连理。

再后来,在一次为葬礼组织的运动会中,珀耳修斯扔出了一个圆盘,不小心砸死了观众席上的国王阿克里西俄斯。当年占卜师的预言还是不幸成真了。

故事出处

美杜莎的传说有好几个版本，分别出自多位古代作家之口。现摘录如下：

——荷马（公元前8世纪）只提到了一个戈耳工女妖，她的头出现在女神雅典娜的盾牌（即神盾）和希腊英雄阿喀琉斯的盾牌上。这个版本里并没有提到珀耳修斯。

——在大约同时期的赫西俄德的长诗《神谱》中，戈耳工女妖有三个。

——最著名的版本莫过于公元1世纪罗马诗人奥维德在《变形记》第四卷中讲述的珀耳修斯的故事。

——公元2世纪阿波罗多洛斯的版本和奥维德的版本有好几处不同：比如该版本只是说美杜莎以自己的秀发为傲，方才引起雅典娜的不满；而波塞冬在其中并没有扮演任何角色，等等。

不过，无论美杜莎有没有姐妹，无论她是生活在世界的最西边还是遥远的北方，她的目光总

© Michael Rivera — 雅典娜之盾,美国田纳西州纳什维尔百年公园。

是具有一种致命的威力,令人胆寒。有时候,她甚至被写成是冥界的守护者,在某种程度上成为阴阳两隔的象征。

为什么要让美杜莎在我的故事里开口说话？

在以往，几乎总是从胜利者的角度来讲述美杜莎的故事，也就是半神珀耳修斯，而美杜莎则被写成一个杀人如麻的可怕怪物：她目光所及之处，就能把任何生灵变成石头。

她是如何变成这么一个杀人凶手的？很少有人对此追根问底。我想在自己笔下来个彻底大反转，在这里把她的故事讲给大家听。我们甚至可以说，这是一个受害者的故事。男人们紧盯着她不放，从而让她遭了罪，她就以另一种形式以眼还眼。

在这一点上，所有神话版本不是说她因为炫耀自己的美貌而惹祸上身，就是说她被神灵侵犯了而遭受惩罚。

对于我们当前这个为男女平等而战的社会，上述视角恰恰说明古希腊社会是个厌女的社会：女人就应该谦虚，红颜必成祸水；那么，如果男人犯下极端暴行，他也是对的吗？这无疑是希腊神话的阴暗面，希腊神话反映了古希腊文明的价值观，所以这也是古希腊文明的阴暗面。

后世对神话传说的艺术再加工

美杜莎的故事启发了许多艺术家。有些作品着重表现这个人物本身：例如卡拉瓦乔(Caravaggio)在1597—1598年曾在皮革上描绘了一幅圆形油画，展示美杜莎的断头。在画面上，她头发群蛇乱舞；她的目光低垂，并没有注视我们这些参观者，不然我们肯定也会被石化。这幅极具表现力的画作被固定在一副木制装饰盾上。

© Frederic-FR — 卡拉瓦乔笔下的美杜莎，1597—1598年。

其他画作则重点渲染这个故事的次要人物。就拿奥地利象征主义画家古斯塔夫·克里姆特(Gustav Klimt)1907年的油画《达娜厄》来说：在画面上可以看到一个美丽的年轻女子睡着了，蜷缩成一团，一阵金雨正洒落在她身上。

手持金剑的勇士克律萨俄耳和从母亲美杜莎断颈中跳出的飞马珀伽索斯也成为多位艺术家的灵感源泉，如英国装饰艺术家爱德华·伯恩-琼斯(Edward Burne-Jones)、西奥多·范·图尔登(Theodoor van Thulden)等。

©GianniG46 — 《达娜厄》，古斯塔夫·克里姆特，1907年。

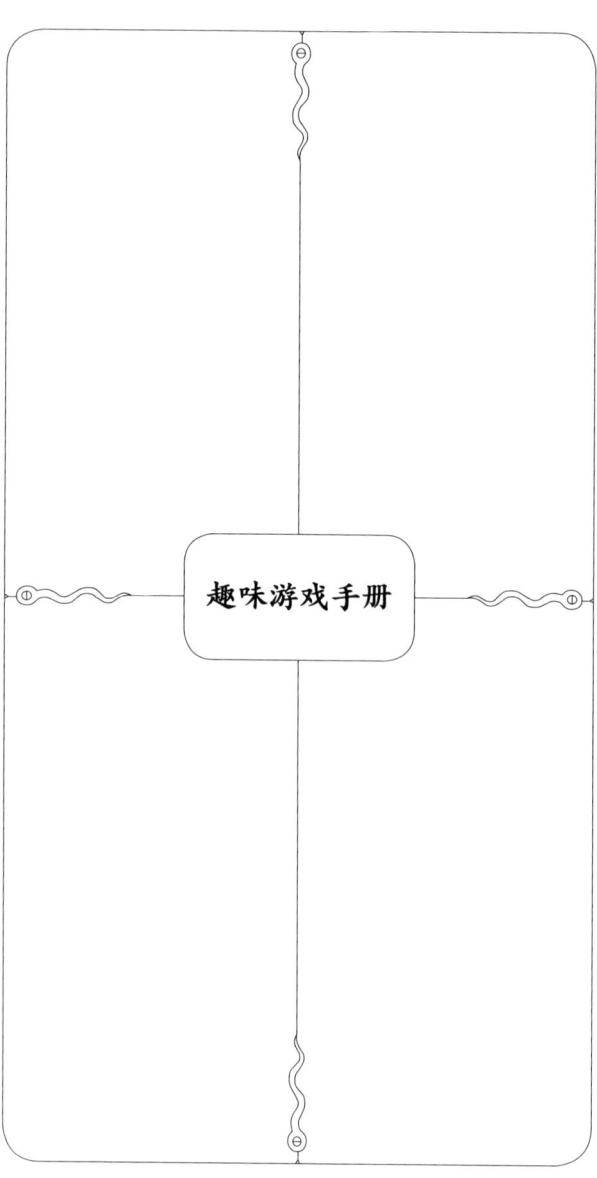

趣味游戏手册

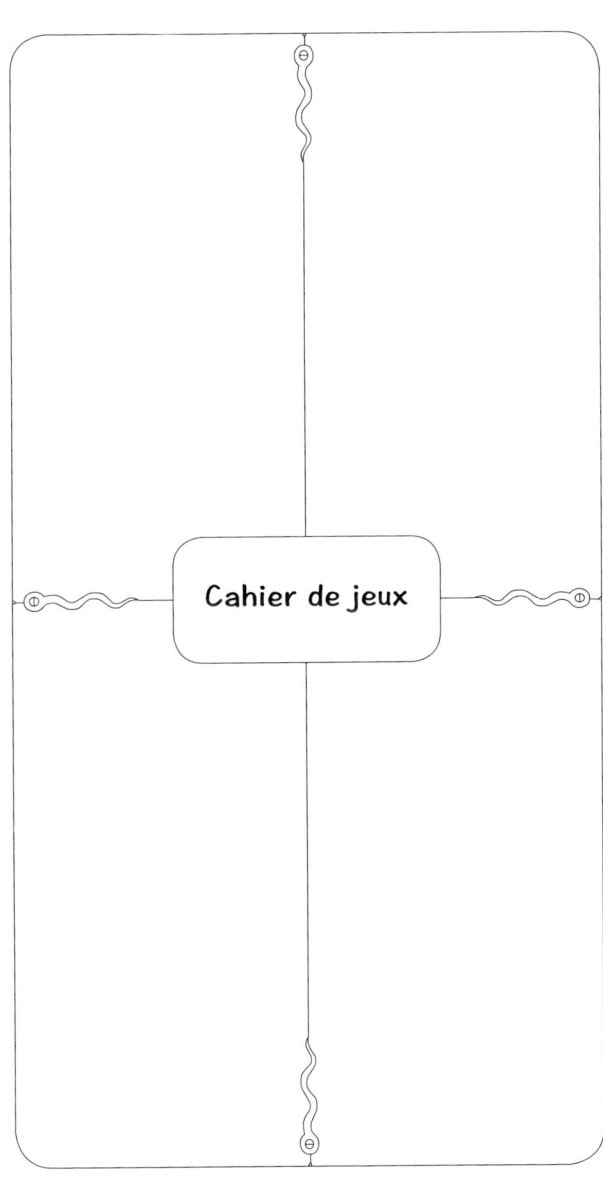

问答题

1. 波塞冬是掌管什么的神灵?

2. 美杜莎用她的目光把人和动物变成什么?

3. 格赖埃把美杜莎和她的姐妹们带到了哪里?

4. 惩罚美杜莎的女神叫什么名字?

5. 多亏了什么工具,珀耳修斯才能看到美杜莎?

6. 美杜莎的儿子们叫什么名字?

填空题

*根据您刚读完的故事为这段文字填空。

提示：下划线的数量同缺失词语中的字数相一致。

美杜莎有一头人人羡慕的美丽 ____。求婚者们在她家门口络绎不绝，争先恐后地想要娶她。然而，她拒绝了所有的求婚者。____ 听说了她的美貌，带她去了 ____ 的神庙，在那里侵犯了她。又气又妒的雅典娜，惩罚了美杜莎。美杜莎醒来时，一头秀发变成了 ___。她的父母把她和她的姐妹 ____ 和 ____ 赶出家门，她们躲进了 _____ 山。在那里，美杜莎将所有目光所及的动物和人类都变成了 ___。有一天，半神 _____ 来找她，声称需要她的帮助来完成自己的 ___。

对错题

*请指出下列说法是否正确。

---

1. 被雅典娜惩罚后,美杜莎的头发变成了鼻涕虫。

    对还是错?

2. 美杜莎是盖亚的孙女。

    对还是错?

3. 珀耳修斯独自完成了他的任务。

    对还是错?

4. 美杜莎有8个姐妹。

    对还是错?

5. 美杜莎和她的几个姐妹一起被流放了。

    对还是错?

6. 神谕向珀耳修斯的祖父、阿耳戈斯城的国王阿克里西俄斯透露:如果他的女儿有儿子,这孩子长大后就会杀了他。

    对还是错?

连线题

*将每个角色的名字同你刚读到的故事中的话语相匹配。

| 美杜莎 | "闭嘴!我的神庙因你而被玷污。" |

| 雅典娜 | "人人都羡慕我的头发,而我却只能闭口不谈吗?" |

| 珀耳修斯 | "我不是来寻开心的。我被迫前来,必须完成自己的任务。" |

| 厄倪俄 | "你虽然把眼睛还给了我,可已经没啥可看了!" |

答案

问答题

1. 海神
2. 石像
3. 阿特拉斯山
4. 雅典娜
5. 一块盾牌
6. 克律萨俄耳和珀伽索斯

填空题

1. 头发
2. 波塞冬
3. 雅典娜
4. 蛇发
5. 戈耳工
6. 格赖埃
7. 阿特拉斯
8. 石头
9. 珀耳修斯
10. 任务

对错题

1. 错。她的头发变成了蛇。
2. 对。美杜莎是大地女神盖亚和原始海神蓬托斯的孙女。她的父母是海神刻托和福耳库斯。
3. 错。他得到了几位神灵的帮助：旅行者和盗贼之神赫耳墨斯借给他飞鞋，冥王哈得斯借给他隐身头盔，智慧女神雅典娜借给他神盾。
4. 错。美杜莎有六个姐妹，分别是两个戈耳工女妖斯忒诺和欧律阿勒、两个格赖埃姐妹彭佛瑞多和厄倪俄、斯库拉，还有海中的宁芙仙女托俄萨。
5. 对。由于雅典娜嫉妒她的美貌，美杜莎被自己的父母放逐了。她的两个戈耳工姐妹斯忒诺和欧律阿勒也变了模样，一起沦落天涯。最后，她的两个格赖埃姐妹陪着她们一同上路，负责护送她们。
6. 对。他吓坏了，就把女儿达娜厄关了起来，这样她就永远不会有孩子。然而，众神之王宙斯注意到了这位年轻女子的美貌。于是，他化作一场金雨，溜进了公主的牢房。珀耳修斯就这样诞生了。

连线题

美杜莎：“人人都羡慕我的头发，而我却只能闭口不谈吗？”
雅典娜：“闭嘴！我的神庙因你而被玷污。”
珀耳修斯：“我不是来寻开心的。我被迫前来，必须完成自己的任务。”
厄倪俄：“你虽然把眼睛还给了我，可已经没啥可看了！”

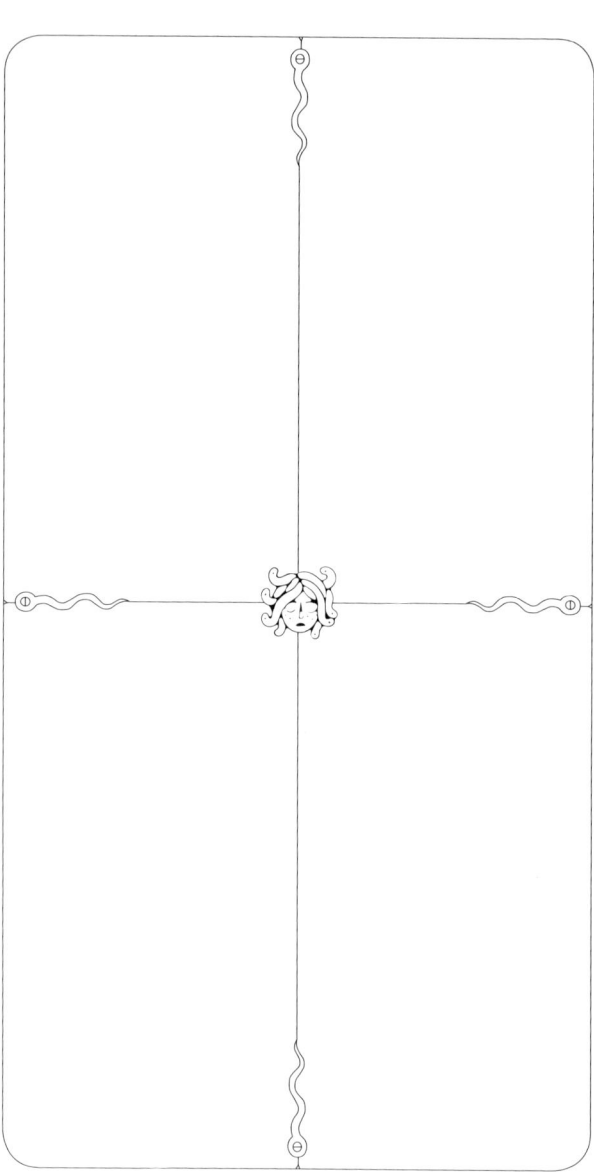

图书在版编目(CIP)数据

奥林匹斯山上的怪物有话说 / (法) 西尔维・博西
埃著;徐洁译. -- 北京:中央编译出版社,2024.9
书名原文:LA MYTHOLOGIE VUE PAR LES MONSTRES
ISBN 978-7-5117-4763-1

Ⅰ. ①奥… Ⅱ. ①西… ②徐… Ⅲ. ①神话 – 作品集 – 古希腊 Ⅳ. ① I545.73

中国国家版本馆 CIP 数据核字 (2024) 第 096798 号

LA MYTHOLOGIE VUE PAR LES MONSTRES by Sylvie Baussier
©2021, Scrineo
73 Bd de Sébastopol, 75002 PARIS

版权登记号:图字:01-2024-1047

奥林匹斯山上的怪物有话说
LA MYTHOLOGIE VUE PAR LES MONSTRES

总 策 划	李 娟
责任编辑	苗永姝
执行策划	王思杰 张雪子
装帧设计	潘振宇
责任印制	李 颖
出版发行	中央编译出版社
地 址	北京市海淀区北四环西路 69 号 (100080)
电 话	(010) 55627391(总编室) (010) 55627362(编辑室)
	(010) 55627320(发行部) (010) 55625179(新技术部)
经 销	全国新华书店
印 刷	北京盛通印刷股份有限公司
开 本	787 毫米 × 1092 毫米 1/32
字 数	328 千字
印 张	27.125
版 次	2024 年 9 月第 1 版
印 次	2024 年 9 月第 1 次印刷
定 价	132.00 元(全 8 册)

新浪微博:@中央编译出版社 **微 信**:中央编译出版社(ID:cctphome)
淘宝店铺:中央编译出版社直销店(http://shop108367160.taobao.com)(010)55627331

本社常年法律顾问:北京市吴栾赵阎律师事务所律师 闫军 梁勤
凡有印装质量问题,本社负责调换,电话:(010)55626985

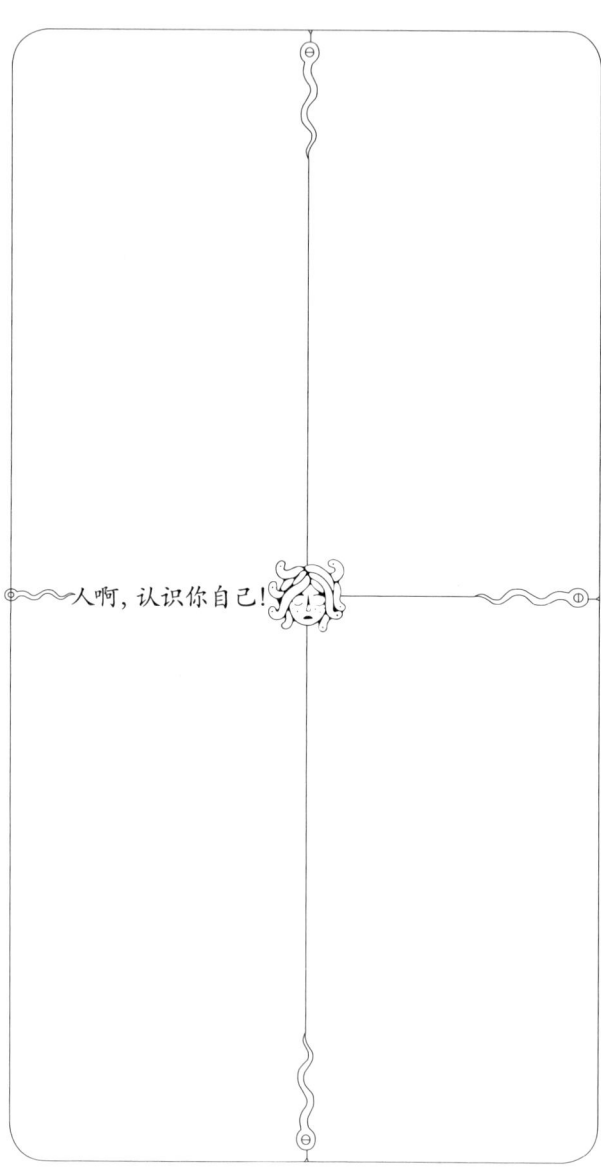